열여섯 살이 되던 해 나는 불치병을 앓고 있는 어린이들을 위한 캠프에서 처음으로 봉사를 시작했다. 이를 계기로 내 삶의 방향은 완전히 바뀌었다.

그곳에서 지낸 경험을 말하면, 약속이나 한 듯 가장 먼저 이런 반응이 돌아왔다. '일하면서 많이 슬펐겠다.'

하지만 사실 전혀 그렇지 않았다.
소아암 환자를 위한 캠프는 슬퍼선 안 된다.
그 아이들에겐 이미 감당해야 할 게
너무 많으니까.

캠프는 행복한 분위기였다.
내가 그동안 가 본 곳 중에서 가장
행복했다. 캠프 참가자들이 신경 쓰지
않는다면 질병은 문제가 되지 않았다.
서로 격려하고 축복하는 곳이었다.

그곳에서 만난 아이들은
죽어 가는 게 아니라 살아가고 있었다.
자신의 삶을 충분히 만끽하고 있었다.

십여 년이 지난 지금까지, 그 아이들을
떠올리지 않는 날은 하루도 없다.

> 나는 아주 어렸을 때부터 할아버지 할머니 손에서 자랐는데, 열여섯 살에도 두 분과 함께 살고 있었다. 햇빛 캠프에서 일하겠다고 하자…
> 두 분은 나름의 방식으로 응원해 주셨다.

"왜 그런 곳에 가려는 건지 모르겠구나. 꼭 그 일을 해야겠니?"

"꼭 해 보고 싶어요."

"너무 우울하지 않을까?"

"안 그럴 거예요."

우리 집에는 좀처럼 꺼내지 않는 이야기가 몇 가지 있는데, 그중 하나가 삼촌이 암에 걸린 일이다. 내가 태어나기 전, 할아버지 할머니의 맏아들인 조이가 20대 초반에 비호지킨 림프종* 진단을 받았다.

할아버지 할머니가 그 일에 대해 했던 말은 딱 두 가지뿐이었다. 암 치료를 받느라 삼촌이 자기 아이들을 거의 돌보지 못했다는 것과 그가 암 진단을 받은 날이 처음으로 할아버지가 할머니 앞에서 눈물을 보인 날이었다는 것.

\* 림프절 부위에 발생하는 암의 일종.

매사에 걱정이 많으신 할머니를 위해 나는 씩씩한 표정으로 인사했다. 그러나 사실 나는 당장 다음 주부터 무슨 일이 벌어질지 전혀 알 수 없었다.

우리 고등학교는 햇빛 캠프에서 일주일간 자원봉사를 하는 오랜 전통이 있다. 운동선수, 문제아, 영화광, 공부벌레 등 너나 할 것 없이 다들 그곳에 가고 싶어 했다.

인원 제한이 있었는데도 1994년 가을 캠프 참가를 위한 첫 모임에 무려 백여 명의 학생이 몰려들었다. 담당 선생님들은 가장 공정한 방법을 활용하기로 했다. 이름을 적은 쪽지를 모자에 넣고 추첨하는 것이다.

거기서 뽑힌 행운의 주인공 중 하나가 바로 나다.

운명적인 기회와 타이밍이 나를 캠프로 이끌었다.

# 햇빛 캠프

재럿 J. 크로소치카 글·그림 | 조고은 옮김

보물창고

## 햇빛 캠프

**펴낸날** 초판 1쇄 2024년 10월 20일
**지은이** 재럿 J. 크로소치카 | **옮긴이** 조고은 | **펴낸이** 신형건
**펴낸곳** (주)푸른책들 · **임프린트** 보물창고
**주소** 서울특별시 서초구 양재천로7길 16 푸르니빌딩 (우)06754
**전화** 02-581-0334~5 | **팩스** 02-582-0648
**이메일** prooni@prooni.com | **등록** 제321-2008-00155호
**인스타그램** @proonibook | **블로그** blog.naver.com/prooni
**홈페이지** www.prooni.com
**ISBN** 978-89-6170-962-0  47840

SUNSHINE by Jarrett J. Krosoczka
Copyright © 2023 by Jarrett J. Krosoczka
All rights reserved.
This Korean edition was published by Prooni Books, Inc. in 2024 by arrangement with Scholastic Inc., 557 Broadway, New York, NY 10012, USA through KCC(Korea Copyright Center Inc.), Seoul.

이 책은 (주)한국저작권센터(KCC)를 통한 저작권자와의 독점계약으로 (주)푸른책들에서 출간되었습니다. 저작권법에 의해 한국 내에서 보호를 받는 저작물이므로 무단전재와 복제를 금합니다.

*보물창고는 (주)푸른책들의 유아·어린이·청소년 도서 임프린트입니다.
*잘못된 책은 구입한 곳에서 바꾸어 드립니다.
푸른책들은 도서 판매 수익금의 일부를 초록우산 어린이재단에 기부하여 어린이들을 위한 사랑 나눔에 동참합니다.

# 1장
# 야외 활동

차로 약 세 시간을 달린 뒤, 우리는 캠프에 도착했다.
관리사무소 앞에서 밴이 멈춰 섰다.

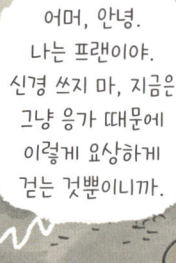

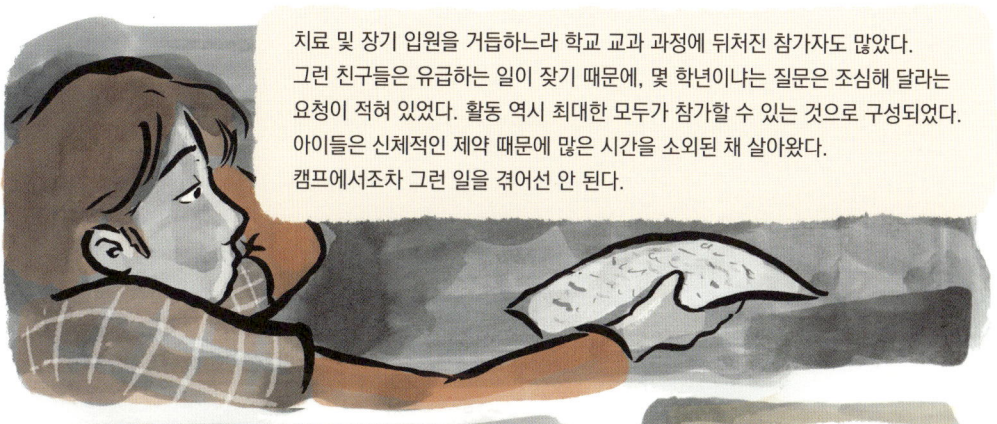

# 2장
# 아이스 브레이킹

자원봉사자 중에 우리가 가장 어렸다. 진행 요원 대부분이 20대이거나, 프랭크 할아버지처럼 60대였다. 캠프에서 어떤 일이 있었는지 모르겠지만, 사람들은 해마다 찾아와 프로그램 진행을 도왔다.

캠프에 온 걸 환영해요, 학생들. 이 식당의 규칙은 딱 하나뿐입니다. '언제나, 가족이 우선이다.' 언제나 가족들이 먼저 식사를 하고, 특히 그들이 원하는 것을 먹을 수 있게 해 주세요.

여기 메리 선생님이 잘 가르쳐 주시리라 믿습니다.

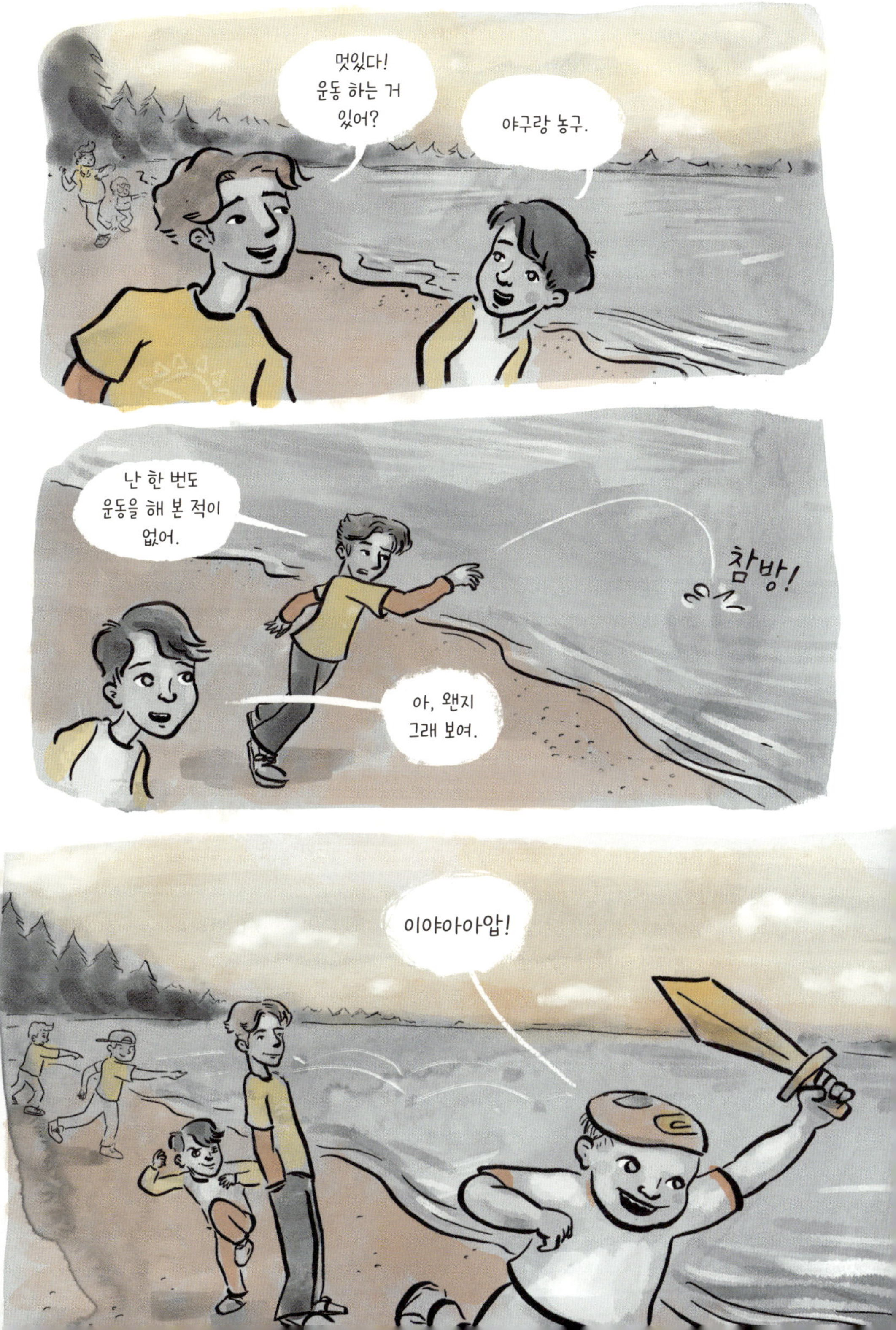
멋있다! 운동 하는 거 있어?
야구랑 농구.
난 한 번도 운동을 해 본 적이 없어.
참방!
아, 왠지 그래 보여.
이야아아압!

게다가 아직 십대인 내가 뭘 해 줄 수 있을지 감이 잡히지 않았다.
어설픈 십대반 진행 요원들과 함께 나는 그저 참가자들이 모이길 기다렸다.

"십대반! 햇빛 캠프에 온 것을 환영해요! 야호!"

"야호!"

십대반은 사람이 많지 않았다. 그리고 다른 참가자들도 디에고와 별로 다르지 않았다. 암 환자라는 점 외에도 말이다….

"캠프 파티, 최고의 파티, 손을 머리 위로, 소리 질러!"

"어휴, 완전 구려."

게다가 참가자들만 탓할 수도 없었다.
정말로 구렸으니까.

우후!

흔들어!

하지만 난 모범을 보여야
할 것 같았다.

예이! 캠프의 함성이
들리나! 좋아! 외쳐!

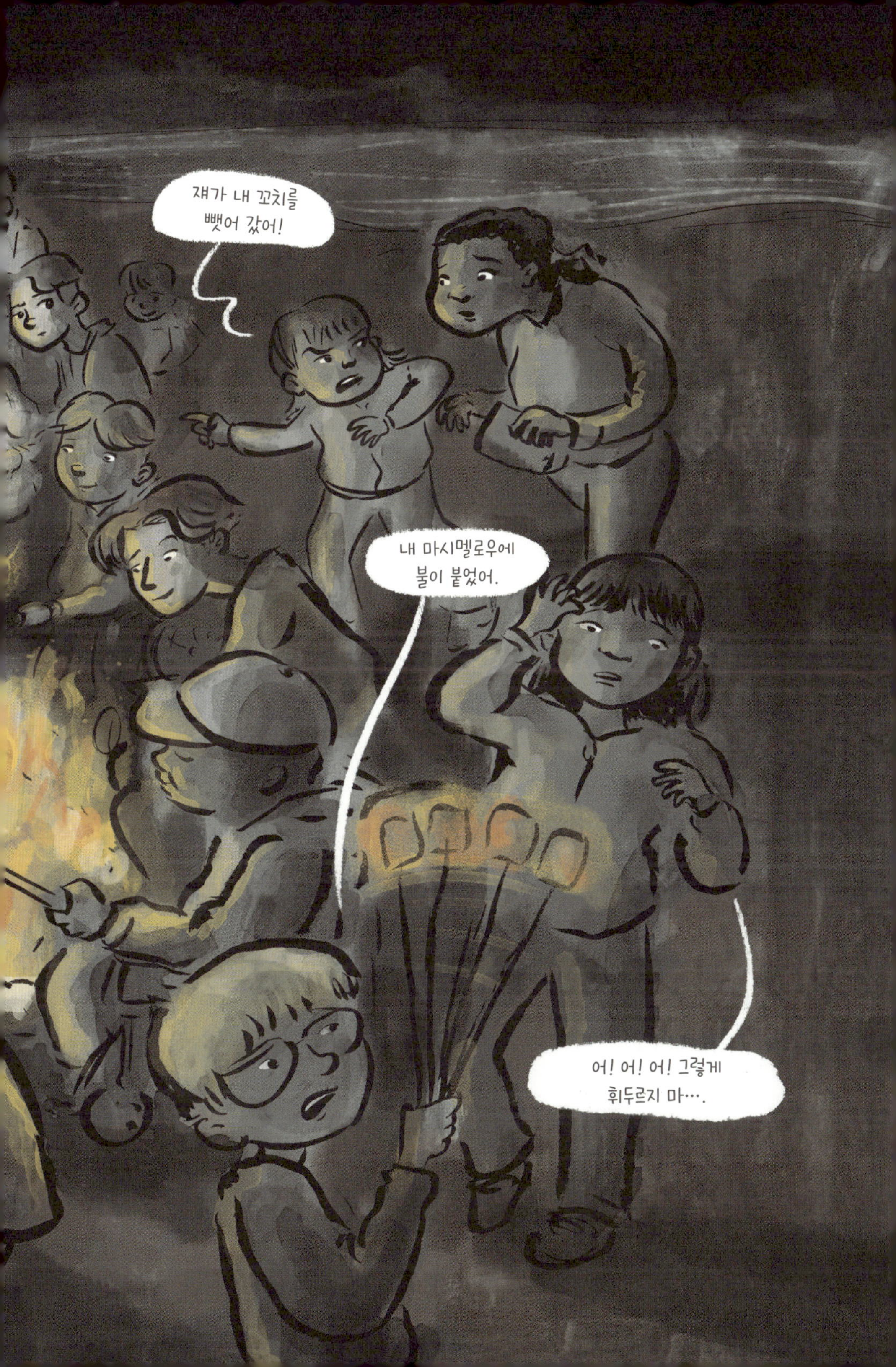
재가 내 꼬치를
뺏어 갔어!
내 마시멜로우에
불이 붙었어.
어! 어! 어! 그렇게
휘두르지 마….

# 3장
# 팀워크 활동

"으앗, 물, 물이야!"

한참을 구슬린 끝에, 드디어 나는 디에고와 수상 활동에 참가할 수 있었다. 내가 바라던 방식은 아니었지만….

페달 보트 탈래.

페달 보트?

응.

페달 보트는 힘이 많이 든다. 하지만 디에고가 원한다면 나도 어떻게든 해내고 싶었다.

내게 맡겨.

어… 저기 채드, 페달 보트 타는 거 도와줄 수 있어?

얼마든지.

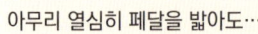

이 참가자들은 나와 나이 차이도 얼마 나지 않았지만, 나처럼 세상을 자유롭게 경험할 수 없었다. 삶의 모든 순간에 그들은 혼자 멀찍이 떨어져 있어야 했다.

번번이 '아픈 애' 취급을 받거나, 형제자매가 앓는 병의 그늘에 가려 보이지 않는 애 취급을 받아야 했다.

어딜 가든 그들은 밀려나 있었다. 의사와 간호사에게 밀려나고, 건강한 아이들에게 밀려났다.

하지만 캠프에선 어떤가? 그들이 모임의 중심이었다.
머리숱이 없어도 특이하지 않고,
휠체어에 타고 있어도 뒤처지지 않았다.

# 4장
# 캠프 생활

우리는 모두 가장무도회를 기대하고 있었다.

남학생들! 더 이상 시간 끌지 말아요.

똑! 똑!

이러다 가장무도회에 가장 늦겠어요, 프랜시스 선생님….

동물 탐정, 에이스 벤츄라 출동했습니다!

좋아, 가자 데릭!

나게 흔들어! 둥둥 쿵쿵

다음 날 첫 활동은 미술과 공예였다. 참가자들은 소망배를 만들었다. 아이들이 직접 작은 배를 만든 뒤 캠프 마지막 날 작은 촛불을 담아 호수에 띄워 보내는 것이 전통적인 행사였다.

너무 한심하다.

한심한 건 너거든.

넌 어떻게 입만 열면 불만이냐. 만들라고 하면 그냥 좀 만들어.

피곤한 탓에 타워를 오르면서 쌓았던 좋은 감정이 금세 사라졌다.

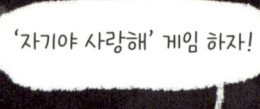

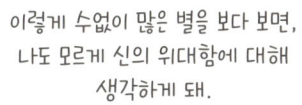

# 5장
# 지금, 여기

신입 진행 요원으로서, 우리는 새로운 임무를 맡았다.

우왁, 발 냄새 같은 악취가 나.

곰팡이 핀 담요에 500년 동안 방귀가 농축된 냄새야.

여러분 준비됐나요? 아이들이 치피를 많이 기다리네요. 둘 중 한 명이 인형 탈을 쓰고, 한 명이 안내를 해 주세요.

자, 갑시다!

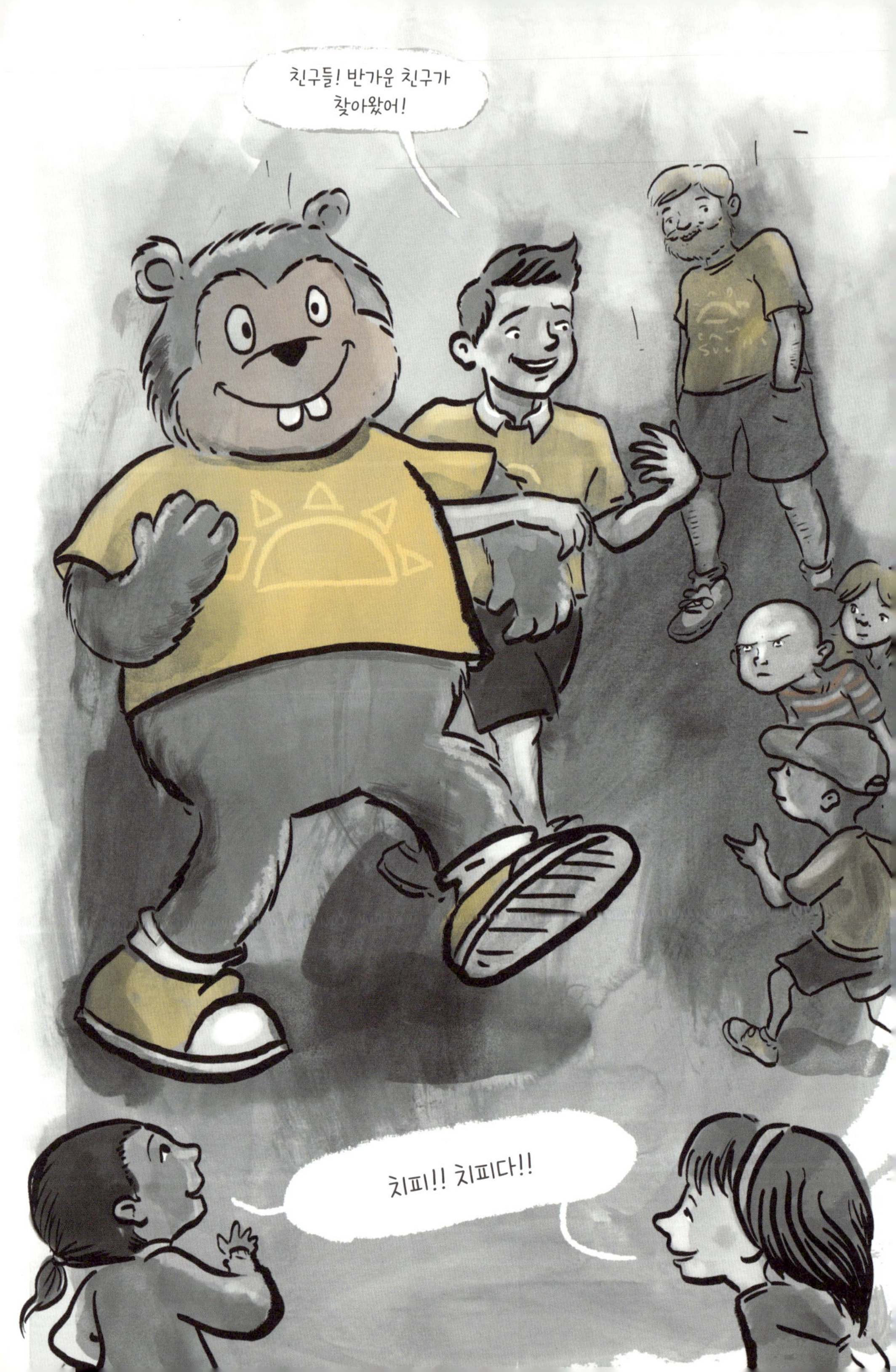
친구들! 반가운 친구가
찾아왔어!
치피!! 치피다!!

페달 밟기에 비하면 노 젓기는 훨씬 쉬웠다….

안 잡히네. 잡힐 기미도 없어!

더 기다리는 수밖에.

"그럴 수도 있지."

"하지만 그 애들과 이번 주를 함께 보낼 수 있어서 얼마나 행복했는지 직접 느끼고 헤어질 수 있잖아. 다음에 또 캠프에 참가하는 가족도 있고, 그렇지 않은 가족도 있겠지."

"그래도 지금 여기에서만 얻을 수 있는 게 있잖아?"

"우리가 함께 이 땅을 밟고 있다는 건 아름다운 일이야."

"저, 여러분… 이렇게 또 분위기 깨는 사람이 되긴 싫지만, 내일도 일정이 아주 많아요. 무척 중요한 날이기도 하고요. 그러니 이제 다들 자는 게 좋겠습니다."

"그럼요, 프랜 쌤."

소망배

우리는 밤마다 늦게까지 잠도 자지 않고 장난도 치고 수다도 떨면서 가까워졌다.

# 6장
## 대단원

나이별로 구성된 반이 차례차례
무대에 올라 공연을 선보였다.

그대는 선샤인, 나만의 햇살…

항상 밝게… 항상 웃어요…
언제라도 내게 기대요…

십대반이 노래를 부를 때에는 심지어
로스마저 차분하게 목소리를 더했다.

관객들은 숨죽인 채
공연에 집중했다.

프로그램이 다 끝나고 신랑 효원과 가족들은 모두 호숫가로 나와
아이들이 자신의 소망배를 호수에 띄워 보내는 모습을 지켜봤다.

홀리네임 고등학교 교내 신문 〈나폴레옹〉
1994년 10월호
'작은 햇빛이 가져다준 행복'

# 7장
# 기나긴 귀가

캠프를 떠나는 날 아침은 괴로웠다.
마치 슬픔이 온몸을 짓누르는 것 같았다.

우리는 '캠프'라는 현실 속에 계속 머무르고 싶었다. 무엇보다 이 공동체와 캠프 참가자들을 떠나고 싶지 않았다.

그들의 운명이 어디로 흘러가든, 이 캠프에 있는 동안은 아무도 걱정할 필요가 없었다. 그리고 곰리 선생님의 말씀이 옳았다. 신기하게도 계산이 맞지 않았다. 일주일 동안 우리가 캠프에서 얼마나 많은 것을 쏟아부었든, 우리가 얻어 가는 것이 훨씬 더 많았다.

우스터로 돌아오는 내내
우리는 아무 말도 하지 않았다.

## Ill boy moves a community
### Fun comes to a halt as little Eric's leukemia returns

아픈 소년이 한 마을을 움직이다

# 8장
# 잘 자렴, 나의 천사야

고등학교의 붐비는 복도를 걸으면서도 나는 캠프에서 일주일을 함께한 친구들을 찾고 있었다.

어이, 재럿!

오늘 밤 다 같이 모여서 네가 찍었던 영상이나 볼까?

좋아, 다들 일곱 시쯤 우리 집으로 와.

좋았어.

나도 갈게!

자기야, 차로 데려다줄 수 있지?

"우리가 어떤 경험을 했는지 진심으로 이해할 수 있는 사람은 학교에 없을 것 같아."

"없겠지. 심지어 예전에 캠프에 다녀왔던 사람들도 이해 못할 거야."

"우리랑 완전히 똑같은 경험을 한 사람은 없으니까. 물론 비슷한 감정을 느꼈겠지만, 그들이 만난 참가자는 또 완전히 다른 사람들이잖아."

"제대로 알아듣지 못하는 사람들에게 얘기를 해야 한다는 건 참 어려운 일이더라, 그렇지 않니?"

셸리는 내가 제이슨의 농구 경기를 보러 갈 수 있도록 준비해 주었다.
그들을 다시 만난다니 뛸 듯이 기뻤다.

경기가 끝난 뒤에는 그들의 집에 초대받아
저녁까지 함께 먹었다.

얘는 내가 키우는 이구아나 맥스야.
그리고 얘는 턱수염 도마뱀 제나.

> 그해 크리스마스 오후였다. 종종 우리 집에 감도는 어색한 침묵을 깨뜨리며 전화벨이 울렸다.

"얘, 받아라! 네 전화야!"

"여보세요?"

"안녕, 재럿! 나 셸리야. 우리가 지금 크리스마스를 맞이해서 우스터에 있는 여동생 집에 놀러 가고 있거든."

"혹시 시간이 된다면 너희 집에 잠깐 들러서 인사하고 싶어!"

"저녁 먹은 후에 괜찮을까?"

"그럼요! 제가 주소 불러 드릴게요."

그날 밤 저녁 식사를 마친 후, 셸리가 제이슨, 메리, 에릭과 함께 찾아왔다.

메리 크리스마스!

방금 전 엄마와 함께했던 저녁 식사 시간은 삭막했는데, 아이들의 활기찬 기운이 분위기를 바꿔 주었다.

메리 크리스마스, 친구들!

어머?

선물 안 줘도 되는데! 얘들아, 이럴 땐 뭐라고 대답해야 하지?

감사합니다!

세상에?! 파워레인저잖아!

할머니가 행복하게 크리스마스를 보내는 모습은 낯설게 느껴질 정도였다. 할머니는 그 아이들을 정말 좋아했다. 특히 에릭에게 푹 빠져 버렸다. 에릭이 있는 동안에는 담배도 피우지 않았다.

대단한 가족이구먼!

그럼 안녕!

무슨 이유에서인지 우리는 강아지를
영원히 잠들게 할 곳으로 데려가고 있었다.
나는 그 사실을 알고 있었지만 강아지는 몰랐다.
가는 동안 그저 나는 강아지와 즐겁게
놀아 줘야 했다.

그리고 어느새 그
보드라운 털의 감촉은
사람의 감촉으로
변해 있었다.

* 영화 〈내일을 향해 쏴라〉에서 배우 폴 뉴먼이 연기한 '부치 캐시디'가 이끌었던 미국의 무법자 집단.

하늘에 계신 우리 아버지, 아버지의 이름을 거룩하게 하시며 아버지의 나라가 오게 하시며 아버지의 뜻이 하늘에서와 같이 땅에서도 이루어지게 하소서.

오늘 우리에게 일용할 양식을 주시고, 우리에게 죄 지은 자들을 용서하는 것처럼 우리의 죄를 용서하여 주소서.

우리를 시험에 빠지지 않게 하시고, 악에서 구하소서.

나는 에릭이 없는 세상을 도저히 생각할 수가 없었다.
그런 세상이 어떻게 있을 수 있단 말인가.
그 가볍고 작던 아이. 그 애가 없다니.

나는 일행 중 거의 마지막으로 오르파오 가족의 집에 갔다.
집에 도착할 때쯤, 나비 한 마리가 내 곁으로 날아들었다.

나는 에릭과 디에고를 비롯하여 의미 있는 시간을 함께 보낸 모든 캠프 참가자들을 매일 생각했다.

에릭과 디에고의 삶은 짧았고, 그 뒤로 알게 된 여러 참가자의 삶도 그랬다. 그러나 그들의 삶은 그동안 만났던 모든 이들에게 영향을 미쳤고, 함께 보낸 몇 년, 몇 달을 훨씬 넘어서는 흔적을 남겼다.

캠프 참가자와 그 가족은 상상조차 하기 힘든 일을 겪으며 살아간다. 나는 그들을 알게 되고, 그 삶의 긍정적인 순간에 조금이나마 함께하게 된 것을 크나큰 영광이라고 생각한다. 그중 많은 친구와 작별할 수밖에 없었지만, 또 여러 친구가 무사히 어른으로 자라나는 모습도 지켜보았다.

캠프 참가자 중에는 자신이 겪은 일에 영감을 받아 의사나 간호사 등 의료계로 진로를 정한 친구도 있었다. 상담사로 진로를 이어 가는 친구도 많았고, 심지어 상담 치료 캠프에 취직하는 경우도 있었다.

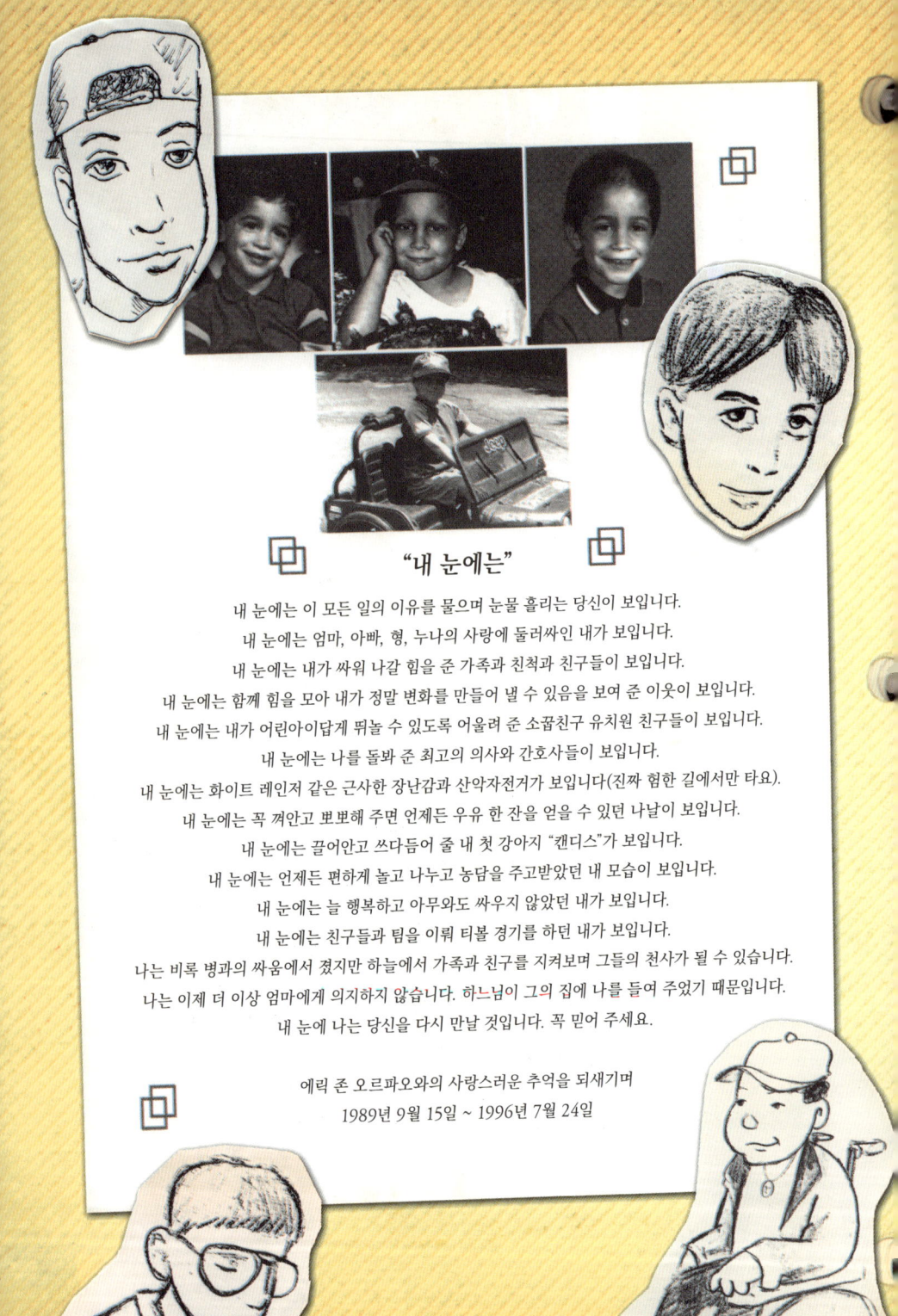

재럿에게

잘 지내? 사진 보내 줘서 고마워.
드디어 내 컴퓨터가 생겼어!
아직 사진을 현상하진 않았지만 현상하면
형한테도 몇 장 보낼게.
올 여름은 아주 즐겁게 보내고 있어!
처음으로 〈노트르담의 꼽추〉를 봤는데 엄청 재미있었어.
이메일 주소 만드는 대로 알려 줄게.

음, 할 말은 이게 다야.
내 생각엔 그래.
답장 빨리 보내 줘, 알았지?

# 에필로그

대학을 졸업한 제이슨은 지역신문사에서 스포츠 기자로 일하고 있었다.

여길 취재하는데 널 보냈다고? 너희 편집자는 이게 '스포츠'가 아니라는 걸 알고 있나?

음, 내가 여기 있는 동안 고등학교 축구장에서 긴급 사태가 발생하지 않기만을 빌어 보자고.

학생들에게 내 작품을 소개하는 동안, 나는 운명적 만남을 실감하지 않을 수 없었다. 나는 수백 명의 아이들 앞에 서 있었고, 과거의 캠프 참가자가 그 이야기를 받아 적으며 기사를 준비하고 있었다. 제이슨과 같은 참가자들 덕분에 내 삶이 이러한 방향으로 흘러가게 된 것이다.

* 암 환자 치료 및 암 연구 자금을 모으기 위한 걷기 대회.

## 작가의 말

캠프에서 보냈던 짧은 시간이 어떻게 내 삶에 강렬하고도 영원한 영향을 미쳤는지 돌아보며 정말 놀랐습니다. 그 용감한 캠프 참가자들과 함께한 시간이 없었다면 내 삶이 어떤 방향으로 흘러갔을지 짐작도 하기 어렵습니다.

개인적 문제들을 도저히 극복할 수 없을 것 같던 시절에 캠프에 참가했습니다. 가끔 나는 예술이 가진 구원의 힘과 성장기에 했던 창작 활동이 삶에 미친 영향에 관해 말하는데, 봉사활동 역시 나에게 아주 중요한 경험이었습니다. 내가 겪고 있는 어려움은 피할 수 없는 현실이지만, 그 고된 길을 걷고 있는 존재가 나 혼자만은 아니라는 걸 봉사활동을 통해 깨달았습니다. 나는 열여섯 살 때 햇빛 캠프에서 봉사활동을 시작했고, 이후 몇 년 동안 자원봉사에 몇 차례 참여했습니다. 대학 1학년을 마친 뒤에는 '홀 인 더 월 갱' 캠프에서 여름 내 진행 요원으로 일하기도 했습니다. 햇빛 캠프와 비슷하지만, 홀 인 더 월 갱의 여름 캠프는 숙박을 포함하는 프로그램이었습니다. 햇빛 캠프와 마찬가지로 환자의 형제자매를 위한 활동이나 부모님을 위한 주말 수련회 등 온 가족을 위한 프로그램이 제공되었습니다.

운이 좋게도 여러 해 동안 봉사하면서 만났던 몇몇 가족들과 꾸준히 연락을 주고받고 있습니다. 평범한 어린아이의 삶을 간절히 원한다는 것이 무엇인지 잘 알고 있었기 때문에, 그들과 그토록 빨리 마음이 통했던 것 같습니다. 트라우마를 가진 아이는 몸은 작아도 마음은 빨리 자랄 수밖에 없습니다.

이 책은 내가 처음 봉사활동을 시작하게 된 일주일을 중심으로 하고 있지만, 몇 가지 일화와 사건은 이후 햇빛 캠프나 홀 인 더 갱 캠프에서 겪은 일입니다. 일부 등장인물의 이름이나 특성은 허락을 받고 실제 인물의 것을 그대로 사용했습니다. 동의를 구하기 위한 연락이 닿지 않았던 분들에 대해서는 사생활을 보호하기 위해 인물과 사건을 바꾸거나 더했습니다. 비록 본명을 밝힐 수는 없지만 그들의 이름은 내 마음속에 여전히 너무나 소중하게 남아 있습니다. 이 책을 쓰는 동안 연락을 주고받았던 가족들에게 감사 인사를 전하고 싶습니다.

데릭의 이름과 특성을 사용하도록 허락해 준 수전에게 감사합니다. 지난여름 우리가 다시 만난 날이 마침 데릭의 생일이었다는 것은 지금 생각해도 놀랍습니다. 데릭이 아직 우리 곁에 있었다면, 분명 서점이 눈에 띌 때마다 들어가서 이 책에 사인을 하고 있었겠지요.

이 책에 형제애를 담게 해 준 맷과 조시에게도 감사합니다. 두 사람이 남편이자 아버지로 성장하는 모습을 지켜볼 수 있어서 정말 행복하고 뿌듯했습니다.

그리고 셸리, 제이슨, 메리에게 마음 깊이 감사합니다. 운명적인 캠프의 첫 주에 우리가 함께할 수 있었던 건 별들이 축복해 준 덕분이 아닐까요. 나는 단 하루도 에릭을 떠올리지 않은 날이 없습니다. 당신들이 그 폭풍을 견디고 이겨 낸 걸 생각하면 저절로 고개가 숙여집니다. 제이슨, 나는 네가 늘 꿈꾸던 아름다운 아내와 사랑스러운 아이와 함께 네 인생을 살아가는 어른으로 성장하는 모습을 지켜봐 왔어. 지금까지 중요한 지역 스포츠 이벤트 소식을 나에게 알려 주는 건 너의 소셜미디어 포스팅밖에 없어. 메리, 네가 간호사가 된 것은 어쩌면 당연한 일이야. 이렇게 사랑과 배려가 넘치는 간호사를 만나다니 네 환자들은 참 운이 좋은 셈이야. 그리고 네가 몇 달에 한 번씩 새 강아지를 가족으로 맞이하는 것 역시 놀랄 일이 아니지. 그리고 셸리, 캠프가 끝난 뒤에도 몇 년 동안이나 나를 집에 초대해 줘서 고맙습니다. 당신이 아이들을 키우는 방식은 언제나 존경스러웠어요. 한결같이 아이들을 사랑하고, 아이들이 마음껏 뛰놀 수 있게 해 주어서 집은 언제나 떠들썩했지요. 나는 성인이 되어서도, 부모가 된 이후에도 그 모습을 마음 속 깊이 간직하고 있습니다. 그리고 물론, 세 분이 이 책의 초고를 읽고 저와 추억 여행을 함께해 준 데에도 감사드립니다.

나에게는 훌륭하고 밝고 아름다운 세 명의 아이가 있습니다. 부모가 되자, 캠프 활동에 대한 나의 관점도 분명히 달라졌습니다. 에릭이 세상을 떠났던 나이가 될 때마다, 나는 아이들을 조금 더 꼭 안아 주게 되었습니다. 더없이 훌륭한 공동양육자인 아내 지나와 함께 세 아이를 키우게 되어 나는 정말 운이 좋다고 생각합니다.

이 책을 마치기까지 너그럽게 기다려 준 지나, 조이, 루시아, 자비에르에게 깊은 감사를 전합니다. 만화로 회고록을 쓰는 일은 매우 두렵고 고된 감정적 여정이 되기 쉬운데, 햇빛 캠프의 기억은 특히 더 그랬습니다. 제가 이 책을 마치는 데 시간이 더 필요하다는 점을 마음 깊이 이해해 준 데이비드, 필을 비롯한 스콜라스틱 출판사의 모든 분들과 저의 에이전트인 레베카에게 감사드립니다.

'사람들과 함께하는 지금 이 시간은 하늘이 준 선물이며, 반드시 소중히 여기고 감사해야 한다.' 이 책을 통해 지난 경험을 떠올려 보면서, 캠프에서 일하며 얻은 깨달음도 다시 한 번 곱씹어 보았습니다. 나이가 들고 생일을 맞을 때마다, 지금까지 보고, 느끼고, 나눈 모든 것을 경험할 수 있었다는 것이 정말 행운이라고 생각합니다.

재럿 J. 크로소치카

**Wow 그래픽노블** 만화의 재미 + 소설의 감동을 다 담은 보물창고 〈Wow 그래픽노블〉은 책을 좋아하는 모든 독자들의 놀이터입니다. 온가족이 함께 재미와 감동을 나누세요!

**뉴 키드 1~2** 제리 크래프트
**학교에서 살아남기 1~3** 스베틀라나 치마코바
**트윈스** 배리언 존슨, 섀넌 라이트
**별들이 흩어질 때** 빅토리아 제이미슨, 오마르 모하메드
**스냅드래곤** 캣 레이
**인어 소녀** 데이비드 위즈너, 도나 조 나폴리
**스타게이징** 젠 왕
**피터와 에르네스토는 단짝이야** 그레이엄 애너블
**바닷속 유니콘 마을** 케이티 오닐
**내 이름은 마리솔** 알렉시스 카스텔라노스
**곱슬곱슬 이대로가 좋아** 클라리벨 A. 오르테가, 로즈 부삼라
**고스트 북** 레미 라이
**햇빛 캠프** 재럿 J. 크로소치카

**지은이 재럿 J. 크로소치카**
〈뉴욕타임스〉 베스트셀러 작가이자 일러스트레이터로 그래픽노블 『런치 레이디』 시리즈를 비롯하여 어린이와 청소년을 위한 책 30여 권을 펴냈다. 어린 시절을 회고한 그래픽노블 『헤이, 나 좀 봐』로 '하비 상'과 '오디세이 상'을 수상했으며 '전미도서상' 최종 후보에 올랐다. 난치병을 앓고 있는 어린이를 위한 캠프에 참가했던 경험을 진솔하게 그린 신작 그래픽노블 『햇빛 캠프』는 '보스턴 글로브 혼 북 상'을 수상했으며 〈스쿨 라이브러리 저널〉 올해 최고의 책으로 선정되었다. 작가는 두 번의 TED 강연을 진행했는데, 온라인에서 총 200만 이상의 조회 수를 기록했다. 현재 미국 웨스턴 매사추세츠에서 가족과 함께 살고 있다.

**옮긴이 조고은**
서울대학교에서 국어국문학을 전공하고 동 대학원에서 국어교육학 박사 과정을 수료한 뒤, 영어와 일어 전문 번역가로 활동하고 있다. 인권교육센터 〈들〉에서도 함께 활동하고 있으며, 옮긴 책으로 『긍정의 훈육』 『이야기의 해부』 『우리는 패배하지 않아』 『나의 젠더 정체성은 무엇일까?』 『뉴 키드』 『밤으로의 자전거 여행』 등이 있다.